25 Novembre 18

V

Vente des 25, 26 et 27 Novembre 1886

APRÈS LE DÉCÈS

De M. le Capitaine VANSITTART

TABLÉAUX

AQUARELLES

HAUTES CURIOSITÉS

EXPOSITION PUBLIQUE

Le Mercredi 24 Novembre, de 1 heure à 5 heures 1/2.

COMMISSAIRE-PRISEUR	PEINTRES-EXPERTS
Mᶜ Paul-Charles SAUVAT	MM. HARO Frères
boulevard Saint-Martin, 13	rue Visconti, 14 et rue Bonaparte, 20

PARIS — 1886

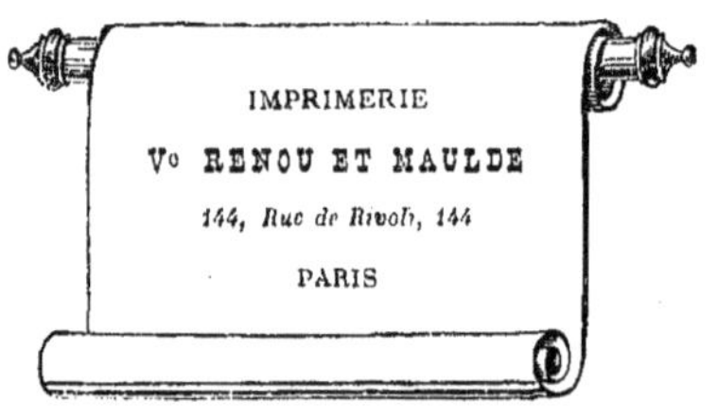

IMPRIMERIE
Vᵒ RENOU ET MAULDE
144, Rue de Rivoli, 144
PARIS

CATALOGUE

D'UN

MOBILIER ARTISTIQUE

SUPERBES TENTURES EN VIEUX CHINE

OBJETS D'ART ET CURIOSITÉS

Porcelaines de Sèvres, de Chine, du Japon, de Saxe
d'Allemagne, etc., vieux Marseille

PIÈCES D'ORFÉVRERIE EN ARGENT REPOUSSÉ

TABLEAUX, DESSINS, AQUARELLES, GRAVURES

ÉTOFFES

DONT LA VENTE AURA LIEU

Par suite du Décès

De M. le Capitaine VANSITTART

HOTEL DROUOT, SALLE N° 8

Les Jeudi 25, Vendredi 26 et Samedi 27 Novembre 1886

A DEUX HEURES

Par le ministère de **M° P.-C. SAUVAT,** Commissaire-Priseur,
boulevard Saint-Martin, 13,

Assisté de MM. HARO frères, Peintres-Experts,
rue Visconti, 14 et rue Bonaparte, 20.

EXPOSITION PUBLIQUE

Le Mercredi 24 Novembre, de 1 heure à 5 heures 1 2.

PARIS — 1886

ORDRE DES VACATIONS

—

Jeudi 25 Novembre

Porcelaines, Faïences, Tableaux *à 3 heures*.

Vendredi 26 Novembre

Argenterie, Bronzes. Armes.

Samedi 27 Novembre

Meubles, Tentures, Tapis, Étoffes.

L'Exposition mettant le Public à même de se rendre compte de l'état des Objets, il ne sera admis aucune réclamation une fois l'adjudication prononcée.

DÉSIGNATION

GRANDS PRIX DE TIRS AUX PIGEONS

REMPORTÉS

Dans les principaux Concours de France

1 — Un Calice et son Plateau en argent.

2 — Grand Vidrecome en argent repoussé, couvercle surmonté d'un enfant tenant une couronne.

3 — Petit Vidrecome en argent ciselé.

4 — Broc en argent martelé au tour, gravure imitant les ondulations des flots, au milieu desquels se jouent des poissons.

5 — Carafe en cristal, garniture en argent.

6 — Coquille en argent, dessus Neptune couché, supportée par des Dauphins.

7 — Une Buire en argent, enrubannée de feuilles de vignes.

8 — Coupe en argent martelé, décorée de tortues en relief.

9 — Un Vase en argent repoussé (Prix des Feuilles).

10 — Oiseau de proie à tête mobile.

11 — Grande Corbeille en cristal, monture en argent.

12 — Statuette en argent (Bacchante).

13 — Vase forme gobelet, en argent gravé. Offert par le Cercle des Patineurs.

14 — Deux Buires en cristal, monture en argent.

15 — Médailles en or et argent.

16 — Coupe en argent repoussé, genre oriental.

17 — Grand Plat en argent repoussé; au centre, Reine déposant sa couronne.

18 — Vase en argent repoussé.

19 — Bougeoir et Encrier en argent.

20 — Très beau Groupe en bronze argenté, de Perreaud Enfance de Bacchus. Épreuve fondue d'un seul jet.

21 — Vase en bronze à deux anses, forme chope.

22 — Une Coupe en bronze doré, médaillon au centre.

23 — Un Vase en bronze argenté; sur le couvercle et en relief, des enfants s'amusent.

24 — Groupe en bronze : Un Cheval de course avec son Jockey.

25 — Une Statuette en bronze argenté.

26-27-28 — Deux Amours présentant un vase. — Une Coupe, forme fer à cheval, supportée par quatre Jockeys.

29 — Un Vase en bronze martelé et monture en argent.

30-31 — Groupe en bronze : Un Cheval monté et une Jument en liberté.

32 — Deux Figurines en bronze argenté : Les Duellistes.

33-40 — Huit Pièces en bronze : Taureaux. Bustes. Statuettes et Objets d'étagères.

41 — Un Éléphant en émail cloisonné, portant sur son dos un petit Vase à doubles renflements.

42-45 — Un Plat et une Bonbonnière en cloisonné de Chine. Et joli petit Encrier dans son écrin.

46 — Huit Pièces : Brûle-Parfums en forme de vase et Animaux, Bouteilles, Vases. etc., en bronze du Japon.

47 — Un Oiseau en bronze. — Vieux Chine.

48 — Grande et belle Bouillotte en cuivre argenté. Curieux travail japonais.

49 — Plateau en bronze ciselé. — Cuillère et Vase en bronze argenté.

———

PORCELAINES DE CHINE ET DU JAPON

50 — Très joli petit Vase en blanc de Chine, forme balustre, avec anneaux.

51 — Une Bouteille en porcelaine de Chine, à panse
sphérique, dessins gravés.

52 — Cornet en ancienne porcelaine de Chine blanche,
à col évasé (Fleurs et Plantes en relief).

53 — Un autre Cornet en ancienne porcelaine de
Chine.

54 — Vase à anses, ancienne porcelaine de Chine.

55 — Quatre petits Vases (même provenance).

56 — Deux Éléphants en ancienne porcelaine de Chine
légèrement craquelée.

57 — Deux Bouteilles sphériques, à col long et étroit,
décorées de Dragons et Rochers.

58-59 — Deux Bouteilles en vieux Chine fouetté bleu
et or, sujet familier.

60 — Deux très jolies Cafetières en ancienne porcelaine
de Chine, décorées de fleurs, monture en
argent.

61 — Une Théière, une Cafetière en vieux Chine et
quatre Tasses avec Soucoupes.

62 — Un joli petit Vase, forme balustre, en porcelaine
de Chine finement craquelée, monture en
argent.

63 — Vasques.

64 — Grand Vase carré gris-fer.

65 — Grands Vases en faïence, décors d'ameublements
en relief.

66 — Deux Appliques, bleu turquoise, en vieux Chine.

67 — Petit Cornet, bleu turquoise, en vieux Chine.

68 — Un Porte-Chapeau chinois craquelé, bleu turquoise olivâtre.

69 — Un très joli Perroquet violet en ancienne porcelaine de Chine.

70-72 — Une Bouteille vert piqueté, à la partie supérieure du col une Chimère. Un Vase, deux Potiches, un Hibou rouge haricot.

73 — Un grand Cornet de Hitzen enrubanné d'un magnifique Dragon.

74 — Deux Potiches vieille Imali.

75 — Vase en porcelaine du Japon, forme affaissée, décor bleu.

76 — Une Bouteille en vieux Japon, forme cloche.

77-79 — Bouteille à huit pans; au centre, une figurine coloriée.

80 — Deux Sucriers en porcelaine du Japon, fleurs ornementales.

81 — Jolie petite Bouteille en grès de Kioto; au centre, un portrait formant médaillon.

82 — Un Vase hexagone en faïence craquelée, orné d'un coq sur un rocher.

83-84 — Deux Bouteilles à double panses, vert citron.

85 — Deux Cornets à long col, fond blanc rayé bleu.

86 — Un Vase en grès Banko, décoré de hérons en relief.

ASSIETTES ET PLATS

87 — Dix grands Plats, décors de bordures de rochers
et de plantes fleuries, famille rose.

88 — Douze Assiettes octogonales, fond noir, famille
rose.

89-96 — Quarante-trois Assiettes de la famille rose,
décors variés.

97 — Assiettes, Compagnie des Indes.

98 — Assiettes creuses, famille rose.

99 — Un lot de quarante Pièces en Chine et Japon
moderne.

100-101 — Une Fontaine, une Théière et une Assiette
en faïence de Delft polychrome.

102 — Une Potiche, cinq Assiettes et un Plat Delft.

103 — Une paire de Potiches italiennes, décors à figures,
Saladier, Assiettes et Plats italiens.

PORCELAINES DE SÈVRES, DE SAXE
D'ALLEMAGNE ET DIVERSES

104 — Douze Assiettes en porcelaine de Sèvres, portant
la marque du château des Tuileries, 1844.

104 *bis* — Six Compotiers en porcelaine de Sèvres,
portant la marque du château des Tuileries,
1844.

105 — Trois Assiettes creuses, bordure bleu pâle,
portant la marque du château des Tuileries,
1844.

106 — Une Tasse avec sa Soucoupe et une Assiette, décors soignés.

107-110 — Un Cabaret composé de : une Théière, une Cafetière, un Pot à crème, petit Plateau et cinq Tasses. — Une Tête de chien à couvercle décoré, un Drageoir, monture argent et une très jolie Tabatière en porcelaine, fond or.

111-112 — Vingt-quatre Assiettes, décors fleurs, bordures à jour; une Coupe et son pied. Chiens en Saxe.

113-115 — Un lot de vingt-deux Pièces en porcelaine allemande : Groupes, Figurines, Animaux, Potiches et Vases.

116 — Un grand Plat, forme rocaille, en vieux Marseille.

117 — Une paire de Potiches, montées sur bronze, genre hollandais.

118 — Une Bonbonnière en or, avec miniature sur ivoire.

119 — Trois Bonbonnières en écaille et ivoire.

———

ARGENTERIE

120 — Une petite Vache en argent, dite verseuse.

121 — Un Coq en argent anglais.

122 — Une Poudrière, montée sur argent.

123 — Un Moutardier en argent repoussé.

124 — Trois Sabots de cheval, montés sur argent et servant d'encrier.

125 — Un Cœur et un Flacon en argent.

126 2 8 — Service de table : Théière, Cafetière, Bols, Sucriers, Coupes, Couverts, Poivrières, Salières, Moutardiers.

129 — Argenture : Plateaux, Porte-Carafons, Louches, Cuillères à sauce, Cafetières, etc.

130 — Deux Coupes en jade et trois autres Coupes avec supports en bois.

131 — Un Poignard avec manche en jade, fourreau garni en argent.

132 — Panoplie composée de 17 pièces : Sabres, Pistolets, Yatagans, etc.

133 — Environ 250 Volumes, français et anglais, richement reliés, couvertures parchemin : Littérature, Histoire, Classique, Romans.

134 — Une paire de grands Vases en bois sculpté et laqué.

135 — Un très beau Vase en laque de Pékin et deux autres plus petits faisant pendants.

136 — Une Bouteille en laque, travail chinois.

137 — Support en laque, travail japonais.

138 — Une Divinité chinoise, assise sur un socle et abritée par une grande feuille de palmier. Le tout en bois doré et sculpté.

139 — Deux Torchères, décor oriental.

TABLEAUX, AQUARELLES, DESSINS ET GRAVURES

ANDRIEUX

140 — *En avant!*

Signé à gauche.

Aquarelle.

BELLANGÉ (HIPPOLYTE)

141 — *Déjeuner champêtre.*

Signé à gauche et daté 1851.

Bois. — H. 0^m22. L. 0^m16.

BERCHÈRE

142 — *La Caravane.*

Aquarelle.

BUSCH

143 — *La Sérénade.*

Signé à droite.

Toile. — H. 0^m72. L. 0^m56.

CHAPELIN

144 — *Déjeuner du chien.*

DRANER

145 — *Les Absents n'ont pas toujours tort.*

Aquarelle.

DREUX (Alfred de)

146 — *Le Saut de l'obstacle.*

Aquarelle.

ÉCOLE FRANÇAISE

147 — *Jeune Fille tenant une colombe.*

Toile. — H. 0^m68. L. 0^m54.

HILDEBRANDT

148 — *Negresse.*

Aquarelle

LINDER

149 — *Si Jeunesse savait!*

Si Vieillesse pouvait!

Dessins se faisant pendants.

LINDER

150 — *Deux Compositions.*

Se faisant pendants.

Aquarelle et gouache.

MARSAUD

151 — *En Battue.*

Aquarelle.

MASSARD

152 — *Bataille.*

Mine de plomb.

MOULIGNON (De)

153 — *Amour prisonnier.*

Signé à gauche.

Bois. — H. 0m27. L. 0m38.

MULLER

154 — *Sangliers dans la neige.*

Signé à droite

Bois. — H. 0m32. L. 0m46

TCHOUMAKOFF

155 — *Tête de jeune femme.*

Signé en haut, à droite.

Toile. — H. 0m39. L. 0m32

156 — *Deux Gravures de C. Vernet.*
157 — *Série de Lithographies anglaises.*
158 — *Quatre Gouaches : Sujets de chasse.*
159-160 — *Pastels, Aquarelles, Dessins, Gravures.*

MEUBLES, ÉTOFFES

161 — Une grande Horloge hollandaise avec sa boîte.

162 — Une Pendule avec baromètre et thermomètre en laque, garnie de bronze, style Louis XV.

163 — Commodes, Tables, Chaises, Cabinets italiens.

164 — Vitrine en bois noir, à trois vantaux, décorée de gravures et d'application en bronze, style chinois.

165 — Une Table rectangulaire, aux extrémités, chimères en bronze doré.

166 — Cabinets en bois dur, décors figures en relief, en ivoire, laque et nacre.

167 — Une Armoire Louis XV en chêne sculpté.

168 — Un grand Bahut hollandais, à deux corps, le haut vitré et surmonté d'une horloge Louis XVI.

169 — Un petit Bureau à dos d'âne, en bois de rose et bronzes dorés.

170 — Commodes Louis XIV et Louis XV.

171 — Meubles de salle à manger : Tables, Chaises, Buffet-Servante, etc.

172 — Meubles de salon : Canapés, Fauteuils en soie de Chine, Fauteuils en satin grenat, etc.

173 — Tapis de Smyrne, d'Orient et de haute laine.

174 — Meubles de chambre à coucher : Lits, Literie, etc.

175 — Un très joli Dessus de lit en soie de Chine brodée.

176 — Rideaux en damas de soie et Tentures en soie, vieux chine.

177 — Très beaux et très curieux Paravents japonais et chinois, etc.

178 — Meubles courants, garnissant diverses chambres à coucher.

179 — Soixante mètres de Peluche.

180 — Sous ce dernier numéro, seront compris tous les Objets non catalogués, dépendant de la Succession.

Vve Renou et Maulde, imprimeurs de la Compagnie des Commissaires-Priseurs,
rue de Rivoli, 144.   500—72804

www.ingramcontent.com/pod-product-compliance
Lightning Source LLC
LaVergne TN
LVHW011508170726
843501LV00009B/3682